L'heure des histoires

Au moment de l'**heure des histoires**, tandis que l'un regarde les images et l'autre lit le texte, une relation s'enrichit, une personnalité se construit, naturellement, durablement.

Pourquoi ? Parce que la lecture partagée est une expérience irremplaçable, un vrai point de rencontre. Parce qu'elle développe chez nos enfants la capacité à être attentif, à écouter, à regarder, à s'exprimer. Elle élargit leur horizon et accroît leur chance de devenir de bons lecteurs.

Quand ? Tous les jours, le soir, avant de s'endormir, mais aussi à l'heure de la sieste, pendant les voyages, trajets, attentes... La lecture partagée permet de retrouver calme et bonne humeur.

Où ? Là où l'on se sent bien, confortablement installé, écrans éteints... Dans un espace affectif de confiance et en s'assurant, bien sûr, que l'enfant voit parfaitement les illustrations.

Comment ? Avec enthousiasme, sans réticence à lire « encore une fois » un livre favori, en suscitant l'attention de l'enfant par le respect du rythme, des temps forts, de l'intonation.

Traduction d'Anne de Bouchony

ISBN : 978-2-07-063218-3
Titre original : *I want my Mum!*
Publié par Andersen Press Ltd., Londres

Numéro d'édition : 173727
Loi n° 49-956 du 16 juillet 1949
sur les publications destinées à la jeunesse
Dépôt légal : avril 2010
Imprimé en France par I.M.E.

Je veux ma maman !

Tony Ross

GALLIMARD JEUNESSE

Il pleuvait et la petite princesse s'occupait en peignant, quand quelque chose de terrible arriva…

Elle renversa son pot d'eau
sur la plus belle peinture
qu'elle ait jamais réalisée.

– Ce n'est rien, dit la gouvernante,
tout va bien !
Et elle épongea les dégâts.
– JE VEUX MA MAMAN ! hurla
la petite princesse.

Maman ramassa l'image détrempée.
– C'est magnifique ! dit-elle.
Une journée pluvieuse.
La petite princesse sourit.

Quand la pluie s'arrêta,
elle sortit jouer sur la bascule,
quand quelque chose de terrible arriva...
Elle se cogna le genou.

– Voyons, voyons, dit le docteur,
ça va, maintenant.
Et elle appliqua un produit malodorant.
– JE VEUX MA MAMAN ! pleura
la petite princesse.

Et Maman déposa un baiser réparateur
sur le genou malodorant.
La petite princesse sourit.

Ce soir-là, la petite princesse
n'arrivait pas à dormir à cause
du monstre installé sous son lit.

– Il n’y a pas de monstre sous ton lit,
dit Papa. Regarde toi-même !
Mais la petite princesse n’osa pas.
– JE VEUX MA MAMAN ! cria-t-elle.

– Je vais vous lire des histoires,
à toi et au monstre, dit Maman.
La petite princesse sourit.
Et s'endormit.

– Je déteste les œufs ! dit la petite princesse.
– Mange ! dit le cuisinier.
C'est extrêmement bon pour toi.
– JE VEUX MA MAMAN ! brailla
la petite princesse.

– OH, CHIC ! dit Maman. Des œufs
de dinosaure. Ceux que j'adore.
La petite princesse sourit.
– Hé ! mets-en quelques-uns de côté
pour moi, dit-elle.

La petite princesse avait joué seule toute la matinée. La gouvernante arriva soudain avec un jeu de société.

– JE VEUX MA MAMAN ! s'écria la petite princesse.

L'amiral surgit pour jouer aux bateaux.
– JE VEUX MA MAMAN ! mugit
la petite princesse.

Le jeune prince apparut
pour ne jouer à rien du tout.
Et pour arrêter le vacarme.
– JE VEUX MA MAMAN ! hurla d'une voix
perçante la petite princesse.

Finalement, Maman arriva,
avec des nouvelles palpitantes :
– La petite duchesse t'invite à dormir ce soir,
avec au programme : chips et vidéo.

La petite princesse prépara sa valise
et commença à pleurer.
– QU'Y A-T-IL ? demanda Maman.
– JE NE VEUX PAS Y ALLER ! sanglotait
la petite princesse. JE VEUX RESTER ICI
AVEC NOUNOURS ET TOI !

– Mais nounours et moi venons
avec toi, dit Maman.

Au château de la petite duchesse,
la vidéo fut projetée et Maman sortit
sur la pointe des pieds.
– JE VEUX MA M…
commença la petite princesse…

Mais la vidéo était terriblement
amusante et les chips,
terriblement bonnes.
La petite princesse sourit.

De retour au palais,
la reine racontait au roi :
– Elle s'amuse merveilleusement bien.
Et tout à coup…

– JE VEUX MA PETITE PRINCESSE !

L'auteur-illustrateur

Tony Ross est né à Londres en 1938 : fils de prestidigitateur, petit-fils de musicien, arrière-petit-fils d'un des illustrateurs de Charles Dickens, et descendant du grand clan des Ross, de l'ancienne contrée viking des Highlands écossais.
Il rêvait de devenir pilote d'avion et devient illustrateur après son échec à l'examen d'entrée de l'École de l'Air : dessiner était la seule chose qu'il savait faire ! Il travaille dans la publicité puis enseigne à l'école des Beaux-Arts de Manchester.
Il commence par publier des dessins humoristiques dans la presse et ses premiers livres pour les enfants en 1973.
Il est aujourd'hui l'un des auteurs-illustrateurs britanniques les plus reconnus, avec plusieurs centaines de livres à son actif. Mais ce qu'il aime avant tout, c'est raconter des histoires aux enfants et les faire rire. Tony Ross croit au Père Noël, adore les contes de fées et les histoires de reines et de rois, surtout quand les princes et les princesses sont de sacrés garnements ! C'est un poète qui sait aussi bien jongler avec les mots qu'avec les couleurs.
Il aime aborder tous les sujets même les plus graves en faisant rire.
Tony Ross vit en Angleterre, au bord de la mer. « Ma principale ambition, c'est de divertir. Souvent, je réécris à ma manière des histoires traditionnelles pour contribuer à les faire connaître aux enfants d'aujourd'hui. Et, parfois, j'écris mes propres contes parce que je ne peux pas m'en empêcher. »
« Les illustrateurs doivent lire. Ils doivent être bons lecteurs. Je le dis sans cesse à mes élèves. »

Dans la même collection

n° 1 *Le vilain gredin*
par Jeanne Willis
et Tony Ross

n° 2 *La sorcière Camembert*
par Patrice Leo

n° 3 *L'oiseau qui ne savait pas chanter*
par Satoshi Kitamura

n° 4 *La première fois que je suis née*
par Vincent Cuvellier
et Charles Dutertre

n° 6 *Petit Fantôme*
par Ramona Bădescu et
Chiaki Miyamoto

n° 7 *Petit dragon*
par Christoph Niemann

n° 8 *Une faim de crocodile*
par Pittau et Gervais

n° 9 *2 petites mains et 2 petits pieds*
par Mem Fox
et Helen Oxenbury

n° 10 *La poule verte*
par Antonin Poirée
et David Drutinus

n° 11 *Quel vilain rhino!*
par Jeanne Willis
et Tony Ross

n° 12 *Peau noire peau blanche*
par Yves Bichet
et Mireille Vautier

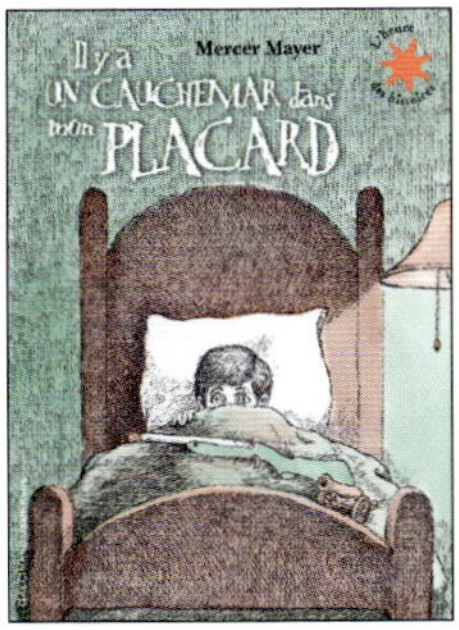

n° 13 *Il y a un cauchemar dans mon placard*
par Mercer Mayer

n° 14 *Clown*
par Quentin Blake

n° 15 *Je veux mon p'tipot!*
par Tony Ross

n° 17 *Une histoire sombre, très sombre*
par Ruth Brown

n° 19 *La belle lisse poire du prince de Motordu*
par Pef

n° 21 *La promesse*
par Jeanne Willis
et Tony Ross

n° 22 *Gruffalo*
par Julia Donaldson
et Axel Scheffler

n° 24 *Tu ne peux pas m'attraper !*
par Michael Foreman

n° 25 *Pierre Lapin*
par Beatrix Potter

n° 26 *Le Petit Chaperon rouge*
par Charles Perrault
et Georg Hallensleben

n° 29 *Le Chat Botté*
par Charles Perrault
et Fred Marcellino

n° 30 *Chut, chut, Charlotte !*
par Rosemary Wells